'후와후와'는 구름이 가볍게 둥실 떠 있는 모습이라든지, 소파가 푹신하게 부풀어 있는 모습이라든지,
커튼이 살랑이는 모습이라든지, 고양이털처럼 보드랍고 가벼운 상태를 표현하는 말입니다.

FUWA FUWA

Text by Haruki Murakami

Illustrations by Mizumaru Anzai

Copyright ⓒ 1998 by Haruki Murakami, Mizumaru Anzai

All rights reserved.

Originally published in Japan by Kodansha Ltd.
Korean translation rights arranged with Haruki Murakami, Mizumaru Anzai, Japan
through THE SAKAI AGENCY and SHINWON AGENCY.

Korean translation rights ⓒ 2016 by VICHE, an imprint of Gimm-Young Publishers, Inc.

이 책의 한국어판 저작권은 사카이 에이전시와 신원 에이전시를 통해
저작권자와 독점계약한 비채가 소유합니다.
저작권법에 의해 한국 내에서 보호를 받는 저작물이므로 무단전재와 무단복제를 금합니다.

후와 후와

ふわふわ

글 무라카미 하루키 그림 안자이 미즈마루

옮김 김난주

비채

나는 온 세상 고양이를 다 좋아하지만,

지상에 사는 모든 종류의 고양이 중에서도

늙고 커다란 암고양이를

가장 좋아한다.

오래도록 사용하지 않은

넓은 목욕탕처럼 정적이 흐르는 어느 오후.

늙고 커다란 암고양이가

햇살 쏟아지는 툇마루에서

낮잠을 잘 때, 그 옆에서

벌러덩 누워 뒹구는 걸 좋아한다. 눈을 감고

머릿속 온갖 상념을 쫓아낸 뒤,

마치 내가 고양이의 일부가 된 기분으로

고양이털 냄새를 맡는다.

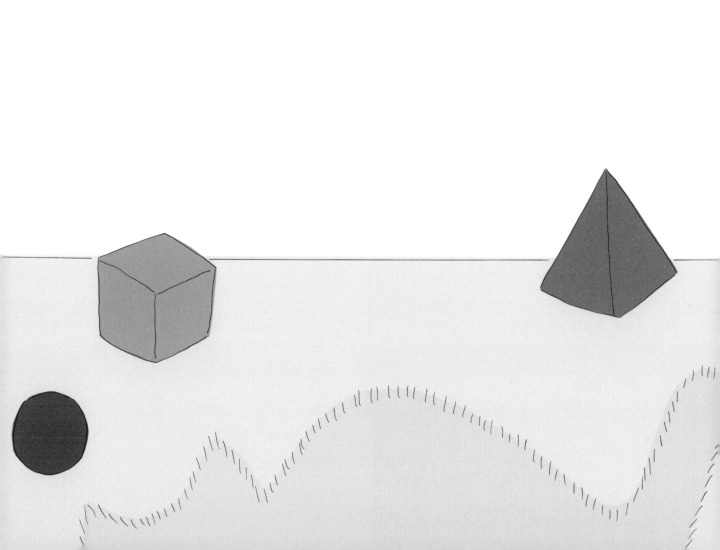

고양이털은 이미 해의 온기를 잔뜩

머금은 채, 생명이란 것의

(아마도) 가장 아름다운 부분에 관해

내게 가르쳐준다.

그런 생명의 일부가 무수히 모여서

이 세계의 일부 또한 만들고 있다는 사실을

내게 알려준다.

이 공간에 존재하는 것은 분명

다른 공간에도 존재한다.

나는 그것을 느낀다. 나는 이윽고

한참 뒤에 어딘가 다른 장소에서

(생각지도 못한 장소에서)

그것을 알게 되겠지.

"뭐야, 여기 있었던 거니" 하고.

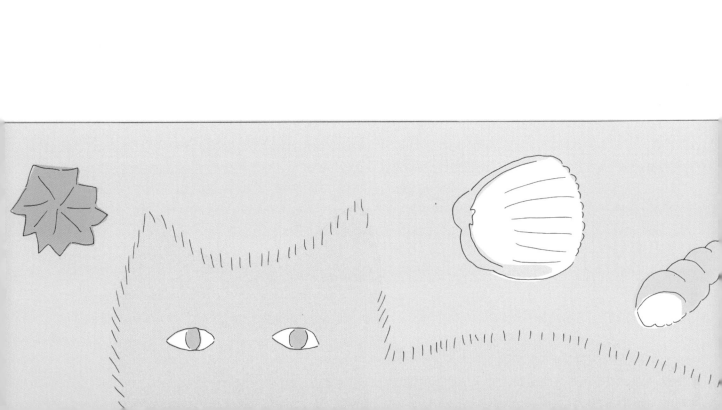

나는 그 폭신폭신하고 부드러운 털에

손을 뻗어, 통통한 목덜미며

끝이 동그래진 차가운 귀 옆을, 가만가만

같은 리듬으로 쓰다듬어주다가

가르릉거리는 고양이 소리 듣는 걸 좋아한다.

가르릉가르릉 소리는

마치 멀리서 다가오는 악대처럼

점점 커진다.

조금씩 조금씩.

고양이 몸에 귀를 바싹 갖다대면,

소리는 이제 여름 끝자락의 해명海鳴 처럼

쿠루룽쿠루룽 하고 커다래진다.

고양이의 보드라운 배가

호흡에 맞춰 볼록해졌다가

꺼진다. 또 볼록해졌다가 꺼진다. 마치

갓 생겨난 지구처럼.

아직 조그마한 꼬마인 나와

늙은 고양이는,

그다지 크기의 (혹은 사고방식의)

차이가 없다.

거의 비슷하다 해도 좋다.

우리 둘은 서로 뒤엉켜

마치 익숙한 흙탕물처럼

조용히 뒹군다.

아무도 뭐라 하지 않는다. 세상에는

우리밖에 없는 것 같다.

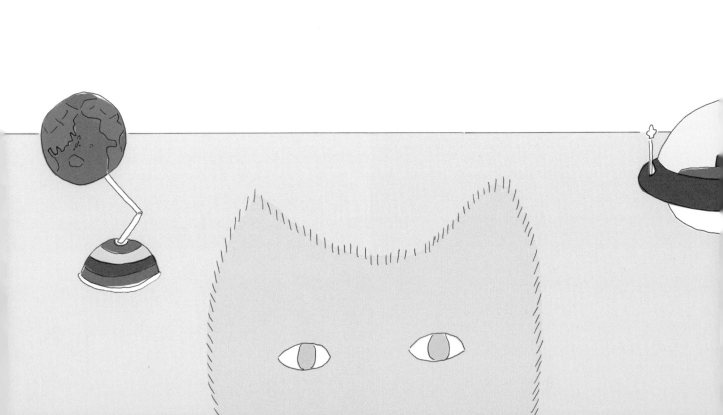

그런 오후에는 우리 세계를 움직이는

시간과는 또 다른

특별한 시간이

고양이 몸 안에서 몰래 흘러간다.

꼬마인 나의 작고 가느다란 손가락은

고양이털 속에서 그런 시간의 흐름을 느낀다.

고양이의 시간은 마치 소중한 비밀을

품은 날씬한 은빛 물고기들처럼,

혹은 시간표에 나와 있지 않은 유령 열차처럼,

고양이 몸 깊은 곳에 있는

고양이 모양을 한, 따뜻한 어둠을

아무도 모르게 빠져나간다.

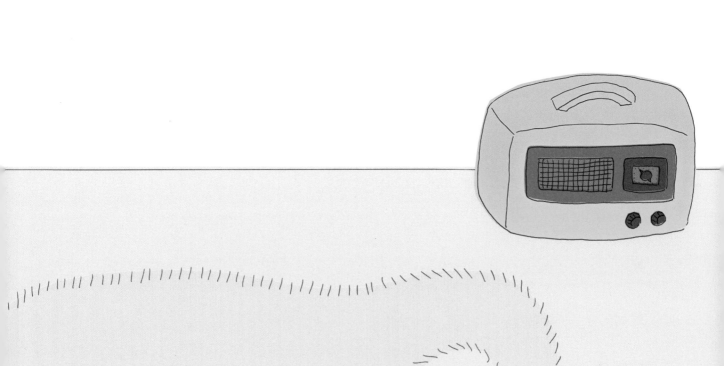

나는 고양이 숨결에 맞춰, 천천히

숨을 들이마시고 다시 천천히

그 숨을 내뱉는다.

살며시, 살며시— 주변 누구에게도

들키지 않도록. 다행히 고양이의 시간은

내가 느끼고 있다는 걸

아직 모른다. 나는 그 사실이 좋다.

고양이는 그곳에 있다. 그렇지만 나는

그곳에 있으면서, 그곳에 없다.

고양이는 무언가를 내밀듯이

앞발을 하나로 모으고

그 위에 커다란 세모 턱을 올린 채

살포시 눈을 감고 있다.

길고 하얀 수염이 이따금 무슨 생각이라도 떠오른 듯

움찔하고 희미하게 떨린다.

정원 한 모퉁이에는 흰색과 분홍색 코스모스가

한데 어우러져 피어 있다. 그러니 계절은

분명 가을이다. 어딘가 멀리서 조그맣게 음악이

들려온다. 먼 곳의 피아노. 하늘에는 길게 늘어진 구름.

누군가가 누군가를 부르는 소리.

코스모스와 그 작은 음악, 그리고 세상의

메아리 몇 개가 고양이의 시간과 함께 있다.

나와 고양이는 아무도 모르는 은밀한 고양이의 시간 덕분에

하나가 되었다. 나는 그런 고양이를

좋아한다. 늙고 커다란 암고양이.

내가 그 고양이와 함께 살기 시작한 건,

갓 초등학교에 들어간

여섯 살인가 일곱 살 무렵의 일이다.

이름은 '단쓰'라고 했다.

'단쓰'는 중국의 고급

양탄자이다. 털이 촘촘하고

아주 폭신폭신하면서 무늬가

복잡하고 아름답다고, 아버지가 그런

이상한 이름을 붙였다.

나는 그때까지 그런 말이 있는 줄도 몰랐다.

'단쓰'는 얌전하고 똑똑한 고양이였다.

식탁에 생선이 있어도,

아무리 배가 고파도, 제 그릇에

담아주기 전까지는 절대

탐내지 않았다. 그런 고양이는 ― 아니,

사람도 말이죠― 여간해서 없다.

어떤 사정이 있었는지 그 고양이는

꽤 나이를 먹어서 우리 집에 왔다.

우리 집에 온 뒤로 고양이는 두 번이나

걸어서 한 시간도 더 걸리는 전 주인(콧수염을 기른

의사 선생님) 집으로 돌아갔다. 아침에

고양이가 보이지 않았다.

그 아이가 길을 어떻게 기억했는지는

아무도 모른다.

상자에 넣어 자전거 짐칸에 태우고

우리 집까지 데려왔으니까. 그런데 고양이는

헤매지도 않고 정확히 전 주인 집으로 되돌아갔다.

전철 선로를 두 개 지나고

강을 하나 건너서. 그러니까 아까도 말했듯

정말이지 똑똑한 고양이였다.

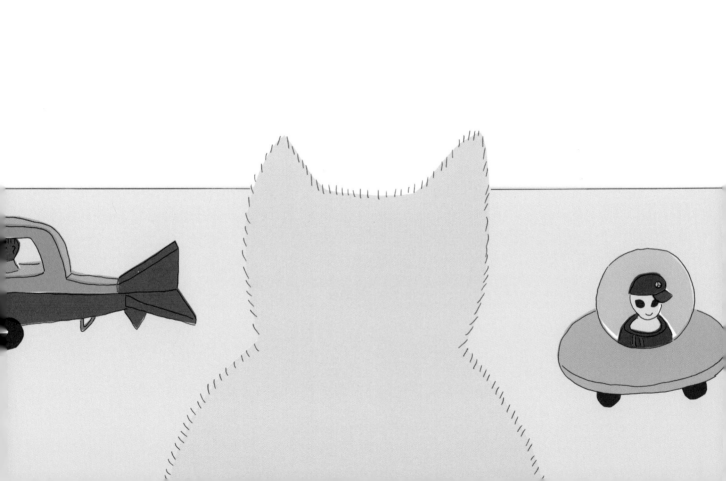

그러나 또 한 번 자전거 짐칸에

태워 우리 집에 두번째로 데리고 왔을 때,

고양이는 그제야 '여기가 내 새집이구나'

깨달은 것 같았다.

그다음부터는 아무 데도 가지 않았다.

우리 집에 정착해서 '단쓰'라는

그다지 고양이답지 않은 이상한 이름을 얻고

내 친구가 되었다. 형제가 없었기에

나는 학교에서 돌아오면 언제나

고양이와 함께 놀았다.

그리고 제법 많은 것을 고양이에게 배웠다.

생명체에게 한결같이 소중한 것을. 이를테면

행복이란 따스하고 보드라우며,

아무리 시간이 흘러도 변하지

않는다는 것이라든가.

그 고양이는 폭신폭신하고 완벽하게 아름다운

털을 가졌다. 그 털은 아주 옛날

(그리고 지금도 여전히 하늘에 떠 있는)

해의 온기를 한껏 빨아들이고,

반짝반짝 눈부시게 빛났다.

나는 손가락 끝으로 복잡한 무늬를 더듬으며

갓 만들어진 기억의 강을 거슬러 올라가,

끝없이 펼쳐진 생명의 들판을

가로질러 갔다.

그런 이유로 지금도 나는

세상에 사는 모든 고양이 중에서,

누가 뭐라 해도 늙고 커다란 암고양이를

가장 좋아한다.

무라카미 하루키

村上春樹

1979년《바람의 노래를 들어라》로 데뷔한 이래, '무라카미 하루키 신드롬'을 불러일으킨《노르웨이의 숲》을 비롯하여《태엽 감는 새》《해변의 카프카》《1Q84》등으로 전세계에서 주목받는 작가이다. 장편소설《애프터 다크》《색채가 없는 다자키 쓰쿠루와 그가 순례를 떠난 해》, 단편소설《도쿄기담집》《여자 없는 남자들》등으로 뜨거운 사랑을 받았고,《샐러드를 좋아하는 사자》등 '무라카미 라디오' 시리즈를 비롯해《오자와 세이지 씨와 음악을 이야기하다》등 개성적인 문체가 살아 있는 에세이로도 소설 못지않은 팬덤을 형성하고 있다.

안자이 미즈마루

安西水丸

〈빵가게 재습격〉〈태엽 감는 새와 화요일의 여자들〉 등 무라카미 하루키 소설 곳곳에서 맹활약하는 '와타나베 노보루'가 그의 본명이다. 《무라카미 하루키 잡문집》《코끼리 공장의 해피엔드》의 삽화 등 특유의 느슨한 듯 자유로운 그림체로 사랑받는 일러스트레이터이자 《도쿄 미녀 산책》《지구의 오솔길》등을 발표한 에세이스트. 트루먼 커포티의 소설 《서머 크로싱》의 번역자로도 유명하다. 1997년에는 일러스트레이터 학교 '팔레트클럽스쿨'을 열어 후학 양성에 힘쓰는 등 다방면에서 왕성한 활동을 펼치다가 2014년 3월 타계했다.

옮긴이 **권남희**

《샐러드를 좋아하는 사자》를 비롯한 '무라카미 라디오' 시리즈, 《시드니!》《더 스크랩》
등 다수의 무라카미 하루키 작품과 우타노 쇼고의《봄에서 여름, 이윽고 겨울》, 미우라
시온의《배를 엮다》, 온다 리쿠의《밤의 피크닉》, 마스다 미리의《몽클하면 안 되나요?》
등을 우리말로 옮겼고,《길치모녀 도쿄헤매記》《번역에 살고 죽고》등을 썼다.

후와후와

1판 1쇄 발행 2016년 3월 23일 **1판 5쇄 발행** 2022년 5월 26일
지은이 무라카미 하루키 **옮긴이** 권남희
펴낸이 고세규
편집 장선정 **디자인** 정지현

발행처 김영사
주소 경기도 파주시 문발로 197(문발동) 우편번호10881
등록 1979년 5월 17일(제406-2003-036호)
주문 및 문의 전화 031)955-3200 **팩스** 031)955-3111
편집부 전화 02)3668-3295 **팩스** 02)745-4827 **전자우편** literature@gimmyoung.com
비채 카페 cafe.naver.com/vichebooks **인스타그램** @drviche **카카오톡** @비채책
트위터 @vichebook **페이스북** www.facebook.com/vichebook
ISBN 978-89-349-7367-6 03830 책값은 뒤표지에 있습니다.

비채는 김영사의 문학 브랜드입니다.

비채의 무라카미 하루키 컬렉션

애프터 다크 ★블랙&화이트 064 권영주 옮김
탁월한 영상미! 데뷔 25주년 기념 장편소설
자정이 가까운 한밤에서부터 새날이 밝아오는 아침까지 7시간. 도시를
부유하는 카메라의 시선으로 어둠의 감촉과 고독의 질감을 담은 이야기.

도쿄기담집 ★블랙&화이트 055 양윤옥 옮김
근면한 천재 무라카미 하루키, 단편소설의 매혹!
트릿한 일상의 순간 혹은 빛과 온기가 결락된 틈에서 포착해낸 불가사의
하면서도 기묘하고, 어쩌면 내게도 일어날지 모르는 이야기.

시드니! 권남희 옮김
까슬한 듯하지만 알고 보면 보들한,
하루키 특파원이 보내온 23일 동안의 시드니 체류기
TV 중계와는 전혀 다른, 지극한 사건으로 똘똘 뭉친 올림픽 리포트와 소
설가 하루키의 감성으로 전하는 낯선 도시 시드니의 매력!

오자와 세이지 씨와 음악을 이야기하다 ×오자와 세이지 | 권영주 옮김
솔직한 아마추어 무라카미 하루키가 묻고
담백한 마에스트로 오자와 세이지가 답하다
리듬이 있는 문장, 자음과 모음이 있는 음악. 장장 1년에 걸쳐 일본, 하와
이, 스위스 등 세계 각지에서 진행된 두 거장의 클래식 대담.

저녁 무렵에 면도하기
채소의 기분, 바다표범의 키스
샐러드를 좋아하는 사자 오하시 아유미 그림 | 권남희 옮김
소설보다 흥미로운 전설의 에세이 '무라카미 라디오' 시리즈!
인생에는 어느 정도 터무니없는 수수께끼와 유쾌한 오해가 필요한 게 아
닐까? 천진난만하지만 가끔은 도발적인 무라카미 하루키의 솔직한 단상.

더 스크랩 1980년대를 추억하며 권남희 옮김
하루키가 스크랩한 소중한 1980년대의 나날
마이클 잭슨이 전세계 뮤직차트를 석권하고, 로키와 코만도가 테스토스
테론을 마구 뿜어내던 그 시절. 젊은 작가 하루키의 매력 넘치는 에세이.

무라카미 하루키 잡문집 와다 마코토 × 안자이 미즈마루 그림 | 이영미 옮김
30년 무라카미 하루키 문학의 집대성
1979-2010, 에세이로 만나는 하루키의 에스프리! 하루키만의 시선과 호
흡, 낭만과 감성, 지성과 성찰. 당신이 사랑하는 작가, 하루키의 모든 것.